U0018114

我曾經想
為了你
勇敢一次

橘子

我們就這樣一起長大／變老了

大概是差不多時期的事：我的書開始被看見了，然後我開始把你們的名字套用在書裡的角色，本來只是懶得自己想名字，沒想到後來我們就這樣一起長大／變老了。

在虛構的小說裡，這些名字被永恆的固定在書裡，而現實世界裡的他們則繼續往人生的下一格前進，每隔一段時間我會突然被這些名字想起，然後我們簡短的聊天、像是一起經歷過什麼的陌生老友那樣；當年我戲稱的資優生後來考進北一女，當年因為失戀所以開始看起橘書的他、前女友後來嫁人了，當年那個酷酷的高中女生後來過著很時髦的上班族生活，當年那個宣稱要完搜橘書的他後來去了中國工作，當年那個老是被我記錯名字的女大學生後來當媽媽了，當年那個說著結婚要找我當證婚人的他後來……，當年／後來。

後來的我們就這樣一起長大／變老了。

包含這些名字的橘書還是在那裡，安安靜靜不吵不鬧的待在書架上等著被後來的你們看見，而我也依舊在這裡，有點低調有點自閉的過著寫作人生，繼續寫著每一個不完美的人物，以及不華麗的故事。

而這我第一嘗試的散文書寫了一點點最初寫作時的我以及這幾年的心境轉折，更多的部分是寫著這些年來隱身在橘書裡的繆思們，有幾篇還稍稍還原了某些橘書的原型，也寫了三篇屬於你們的故事，刻意不小說化的那種真實，真實呈現在這時光膠囊般的散文書裡，無論是之於我，以及你，和妳們。

/目次

/ 我曾經想為了你勇敢一次

I. / 關於我

II. /

以及你

III. /

和你們

IIII.

周日的午後，我想你

I

關於我

寫了三十多部小說超過，
倒是真少說到自己。
而這，是個小小的開始。

s

天使來過人間

傷心沒有句點，但也，
不會是妳的終點。

最後一次畫畫是在國小的美術課，我們全班被帶去台中公園練習寫生，水彩畫，我記得；可以不用在教室上課當然是很開心，但是當時我卻立刻明白原來我是個不會畫畫的人這件事情。我彷彿還能夠看見那個穿著白色襯衫藍色百褶裙的小小的自己，坐在台中公園裡的一棵大樹前面，腿上架著畫板，手邊擱著水彩顏料，然後好認真的困惑：樹？把它畫下來？要怎麼辦到？所以大家都會是嗎？

後來求學、工作、寫作，畫畫這件事情卻始終沒有走進我的人生。雖然書的封面製作常常需要大量的插畫，不過這事我總交給編輯自己決定就好，說好聽點是尊重專業，說直白點則是：我太懶惰了。實際上整本書除了文字之外、所有的一切我幾乎都交給編輯們決定。

這幾年也有過幾次親愛的讀者們畫過我的人像畫送給我，有自己畫的，有託別人畫的，有直接在簽書會上把畫當面交給我的，也有拍成照片然後私訊給我看的，我的反應大概也都只是「哇」

「謝謝」「好感動」，還有一次聽說是很沒禮貌的直接表示畫得真不像我（想想真是混帳，我這傢伙），我不知道回應些什麼比較周到，我確實不是個太周到的人，而且我不懂畫，是完全性沒有鑑賞力的那種不懂。

可是後來我卻開始學畫畫。

原因滿悲傷的其實。

那一年父親因為癌症倒下，總計是一年半的時間，頭一年除了不斷的進出醫院治療，移轉，治療，又移轉之外，其實並沒有想像中的悲情，那反而是我們父女最親近的一段時光，趁著父親身體情況好的時候我們密集的家族旅遊，那一年我還帶著爸媽吃了好幾次的喜酒，多少是當作他和舊友們的敘舊，或告別，在還來得及的時候。而在那之前我都不記得有多久沒牽過父親的手走路了。

最後父親如願在家裡呼出最後一口氣的時候，反而我的感覺是解脫，是的解脫：父親不再苦痛了，解脫了。回想起那一年半的陪伴照護時光，最煎熬的不是父親挺過那麼多磨人的治療卻

始終不敵病魔辭世的這件事情，反而父親臨終前臥病在床的那半年，眼睜睜看著整輩子都是硬漢性格的父親被病魔一點一滴剝奪基本生存能力的一切，生前什麼都不求人，最終卻連基本的自理能力都失去，這在為人子女的眼中，是比死亡還要痛的。

無常。

如常。

而龐龐則不一樣，牠是在父親頭七那天突然心臟病發走的，是前一晚帶牠去寄宿的獸醫院緊急打來的電話，從知道到失去只有一個下午的時間面對，而那個下午我正在送父親最後一程。

打倒我的就是這個，我想。

無常。

如常。

後來又經歷了一些情感上的變故，接著我寫了本書，試著想藉由文字讓自己走出憂鬱、重新振作起來，但卻還是很難辦到，我依舊經常覺得空空的、沉沉的、悶悶的，連呼吸都不能說是

很順暢，我甩不開人是為了什麼而活？而生命確實隨時會被終止的這個黑暗念頭。

每天總想著死了也沒有關係好像也不是什麼好生活，於是我決定離開熟悉的文字，試著去過不一樣的生活看看能否有點幫助，就這麼我偷偷的安靜的和寫作告別，句點。

而後來的事情你們知道了，一個十三年出版了超過三十本書的傢伙，有那兩年的時間全然沒有動靜，出版社會問，讀者也會問，但我總是只說：最近沒有靈感。

我沒說實話，因為我不確定自己是不是還想寫？是不是真的不再寫？而且，我不是個擅長說再見的人。

畫畫就是在這種情況之下走進我的生命，一開始是友人畫了張龐龐和我爸經常穿著的那雙夾腳拖鞋的畫送給我當作生日禮物，而我看了看，總覺得好像有個什麼不對，然後我試著自己畫看看，感覺就像是當年我讀了那本風靡全台灣甚至是華人世界的網路小說《第一次的親密接觸》，我覺得有個什麼不對，我想著如果是我自己的話會是怎麼的寫，然後我偷偷的、安

靜的試著寫作,然後:投稿/被退稿/窮作家/管他去的誰在乎反正我就是要繼續寫/我繼續寫/窮作家/好像開始有人在買我的書了/排行榜/專職作家。最後我的書開始走出台灣。

從頭到尾想也沒想過:故事?把它寫下來?要怎麼辦到?所以大家都會是嗎?

但畫畫不一樣,我的確不會,不得其門而入,可能連水彩畫和油畫都分辨不出來的那種完全性的不懂;所以我找了畫畫課上,因為反正不寫作了整天閒得很。我還是拿著筆,只不過我不再寫字,而透過畫畫可以讓所有的一切簡化到只剩下線條和色彩,那對當時的我而言還真像是處方箋。

一開始學的是素描,好無聊,幾何幾何幾何,覺得照這進度下去我大概得八百年後才能開始學習畫狗,所以只上了五堂課完成一張畫就不去了;接著是色鉛筆,有趣多了也比較好入門,而且工具又一堆,感覺好好玩。可惜我和那老師不對盤,她太

強勢又太專制，前後總共上了三兩個月左右、發現好像還是沒有機會學畫狗之後就這樣又不去了。

不過我情緒比較好了，人也開朗了起來，重新認識起新朋友，不再老是把傷口撕開來看，並不是故意、但確實為了同樣的事情重複的傷心。

那確實是復原必經的過程，但人生不能永遠只是在復原。

人是為了什麼活著？我還是不知道，但我有一種人生總算又重新活過來了的感覺，接著我甚至又寫了一本新作品，賤賤的、甜甜的、好笑的那種，而女主角的靈感就是從不對盤的畫畫老師身上得來。

如果不是因為我就是想要知道怎麼畫龐龐，大概我會就此打退堂鼓了，就像我的書法課或英文課或繳清費用卻連一堂都沒去上過的烹飪課那樣，還怠惰的連退費都懶得去辦理。

我繼續找畫畫課上，然後我遇到了現在這個色鉛筆老師，笑咪咪的一個女人，又經常忘東忘西而且做事情還相當毫無章法，可是我很喜歡她。我對於笑咪咪的生物一概沒有抵抗能力。

「不畫作業也沒關係喲，來看看同學的畫也可以，鑑賞力也是很重要的學習！」

一開始她說了這句話之後，我就徹頭徹尾的愛上她了。還開始因此看起了畫展，不過不想畫的作業確實我還是直接不畫就是。而不想寫的題材也是。

遇到對的人會改變一個人。

我開始認真上課，不再怠惰的只是三分鐘熱度，連下大雨都依舊出席上課，真是會被自己感動死（其實是友人逼的，我找了她一起上課），接著大概兩個月的時間過去，我畫出了龐龐，不是以前那種、確實有畫出來但總是有個哪裡不對可是我真的不知道哪裡不對的那種畫法，並且，我從老師還有同學眼中看見了驚嘆號表情：

「這張可以送成果展了。」

她們說。不是因為喜歡我寫的書所以這麼說，或者是出自於友情的加油打氣，而是因為我的畫，我終於學會畫龐龐了。

三個字：超爽的。

在無名小站的後期，除了新書發表的訊息之外，
我幾乎都在寫龐龐的生活點滴，
也於是很多當時就認識我的讀者對於龐龐是熟悉的；
而後來，我會用龐龐來分辨新舊讀者。
也，謝謝你們，和我一起記得牠。

關於那個周日，
以及那盆死掉的仙人掌

國中唸的是升學班，班級還被單獨隔離在邊緣大樓的那種，那三年的時間我們過得挺壓抑，不過那三年的時間，我們變成後來聯絡了好久好久的姐妹。

事情確實從來就不會只有一個面相。

後來提起我們國中的班導師，大家最經常掛在嘴邊的大概就是被她打手心的慘澹經驗，少一分打一下的那種；或者是在那個升學主義的時代背景之下，成績不好的同學是如何的被她差別對待；以及，那些成績不好的同學們，後來被轉到普通班去，他們在新的班級適應好嗎？會不會因此心存疑問：究竟為什麼要用考試分數來決定一個學生適不適合、該不該留？

所幸，後來我們終究還是學會：分數從來就不會只是一切。

一個人的品格比分數甚至是專業技能重要，我始終是這樣覺得的。

不過，回頭再看，她其實除了升學主義的勢利眼之外，也曾經試著教過我們別的，我指的是考試之外的別的什麼；例如她曾經帶著我們全班同學去探訪植物人。光是想像那個畫面，就覺得相當奇妙，她慢慢騎著機車帶頭，而我們一大群國中學生騎著腳踏車跟在後面，那應該是周日的下午，我們整個星期唯一可以不用上課以及課後輔導的時間，我們當時可能覺得很累很無聊而且太陽好曬，好難得可以喘口氣休息一下，或者考試好多還要準備、為什麼偏偏要跟著她去探訪植物人？而且顯然還沒有可以拒絕的空間。

突然又想起這件事情，同樣是周日午後，而時間已經快轉到距離那天的好久以後；我在陽台修剪枯萎的薄荷葉，我想起國中的時候她也曾經要我們每個人都種一盆植物就放在走廊外面，

我當時選的是仙人掌,純粹因為可以不用澆水就可以自己活得好好,不過這顯然不是個好主意,因為我那不需要經常澆水的仙人掌後來還是死了,隔壁盆栽的那個同學害的、我想,她每天澆水、還澆到上了我的仙人掌,然後仙人掌就這麼被過度溺愛的死掉了。

都好久以前的事了,突然的卻又想起、在周日的午後,我修剪著枯萎的薄荷枝葉,想著自己真是完全沒有綠手指,還想到好久以前的仙人掌,接著我想起我們一大群人被她帶去探訪植物人的那天下午,她應該是想要告訴我們什麼,或者培養我們除了考試升學之外的什麼,可是她沒有說,她只是帶我們去,帶我們回來,然後隔天星期一開始,繼續打我們手心,這樣而已。而那也是她自己的私人時間,一個星期只有一天的那種。

很多人拚了命的想活，
卻始終沒搞懂自己是為了什麼而活。

後來，我們怎麼了？

會變成朋友通常不需要原因，只要相遇就可以。

而不再是朋友，則通常會有個原因，

有時候還不止一個。

在國中之前我都還滿討厭男生的，我的意思是，班上那些小男生們，就是更多更多的我哥。

從有記憶開始，我就真的是受夠了我哥哥，他從小就很皮，非常喜歡捉弄我，把我鬧哭他會覺得很好玩，經常還會因此露出好有成就感的調皮笑容，當然偶爾也是有過哥哥挺身而出保護妹妹的感人畫面，不過絕大多數的時候他還是以整妹妹為樂的姿態出現在我的童年時光裡，彷彿看到女生生氣，他就會因此感到高興，好像覺得兩個人因此拉近了距離。

可能是我的偏見，不過這種男生，我後來還真遇過不少，並且我指的是變成大人以後。

變成大人。

哥哥沒有變成大人，他在十八歲那年車禍意外過世，時間點還故意挑在我高中聯考前一個月，好傢伙，連變成天使之前，都沒放過惡整妹妹。

而他的那群朋友也是。

無法查證是否聽我哥說妹妹很愛生氣又很好騙，於是他們就決定那真是太好玩了、錯過太可惜，所以沒事就會跑來我家閒溜達順便惹我生氣，每每成功了（成功率還真是驚人的高）他們就會露出真是太有趣了的成就感表情，彷彿因此可以得到小星星貼紙。幼稚！好想叫他們罰寫這兩個字一百萬遍。

可是那些好幼稚的被氣到沒力的往事，後來卻變成了想來好笑的回憶。時間的魔力，我想。

後來我們搬家了，但他們依舊會來家裡問候我爸媽，可能是過意不去、可能是放心不下，他們就這麼從騎機車變成開車來，再後來，甚至還帶著老婆小孩來，彷彿是說：緣分雖短，但可以不滅。

被延伸的回憶。

回憶也延伸進我的小說裡，我曾經在幾本書裡寫過類似的情節，我還在幾本書裡寫下了他們其中一個人的名字：賴映晨。

那個總是穿著一身黑的憂鬱男人，那個最後終究還是走出了無名咖啡店的男人。然而不得不提的是，書裡的賴映晨和我認識

的賴映晨是完全不同的兩個人，賴映晨本人是個很陽光很幽默的大男生，後來還生了好可愛的兒子，他只是當年和哥哥一樣很喜歡騙我捉弄我然後看我受騙或生氣就覺得好高興而已。

不要隨便捉弄小女生、真的，因為你永遠不知道她們長大後會變成什麼樣的人，有時候不小心還會變成一個作家，然後不小心你的名字還會被寫進小說裡，賣得還可以、有些人在讀，而你的名字在書裡面會變成一個把自己困在無名咖啡館裡、走也走不出去的印記。

後來。

這麼一個從小就覺得自己受夠男生的傢伙我，後來卻變成可以和男生當好朋友的那種人，在十八歲之後的每個成長階段裡，我總會擁有一大群朋友，有男生有女生，我們玩在一起，很開心，很愉快，很有趣，有很多很多的回憶，可是後來，總會有個誰愛上誰，還有的，被重複愛上，然後，就這麼壞了朋友之間的感情，有的禮貌疏離，有的黯然離開，還有的，決裂到覺

得必須要面對面對質才可以。

好無聊，好可惜。

再後來，我遇見了他們，那群，陪我走過青春後半，眼看我一步步踏穩寫作生涯的他們。

我們。

我們相遇在大學的校園，來自同一座城市，房東是同一個人，或者在同一個地方打工，就這樣，我們變成朋友。那時候我們都還好年輕，有人有男朋友，有人有女朋友，有人還單身，有人在暗戀著英文系女生，還有人是彼此的男女朋友；我們一群人在交誼廳裡喝著啤酒，我們有時候在大房間裡煮著火鍋，還有一次我們吃著喝著，突然想要看日出；我們好像總是有點太吵了，有幾次被同棟大樓的室友含蓄抱怨，還有幾次我們在大房間裡點起蠟燭喝著咖啡深夜談心。

我們不是彼此最好的朋友，我們還有各自更要好的朋友群，可是那個時候在他們身上我非常高興的發現：男生女生之間，真

的有可能只是朋友。

而有好幾年的時間，我還有一點點覺得，我們，好像會變成一輩子的朋友。

後來，我們怎麼了？

後來，在一兩年的時間裡，我們前後失戀，有的分手，有的被分手，有的是倔強著裝沒事、卻內傷了好幾年，有的哭著說她不想活了、卻很快就愛上別人了，還有的，好像流下了男人的眼淚、但他事後打死不肯承認；回想起來，那前後接續的分手彷彿是場傳染病，傳染著青春裡太輕易的放棄。

後來，我們回到同一座城市延續這段友情，每隔一段時間，總
會全員到齊慶祝誰生日了或者誰分手了；我們開始各自過著不
一樣的人生，有人服兵役，有人就業好順利，有人一年就換
三五個工作，有人想過公職人生但一考就是好幾年。可是很奇
怪，我們佔據彼此的時間反而變多了，我們在彼此心中的排名
好像也前進了，雖然我們才絕對不會輕易承認這一點。

那時候在越是親近的人面前，我們反而越是不肯坦率地說出溫
情卻內心的話語。

孩子氣。

在那段明明就已經是大人了但在彼此面前卻依舊放心孩子氣的
年歲裡，我們總是窩在他打工的茶店，喝著大杯的泡沫紅茶、
等著他下班然後一起去個哪玩樂，我相信他說過好幾次那家茶
店的名字，但不知怎的、我卻老是只管它叫作「他嬸嬸的店」，
那幾年我們經常約在中興街的很多家店，其中有家店，後來還
發生了大火；有時候我們跑去投籃比賽或者玩九宮格，還有幾

次我們一起去看棒球，在球員進場之前，我會開始恐嚇他：如果某個我喜歡的球員沒有防守我們這邊外野，我就把你丟進球場裡面！

而更多更多次，我們開車出遊，從南到北，臨時起意。

後來，我們怎麼了？

後來，就業好順利的那個每年夏天都聲稱她要離職，一開始大家還因此相約慶祝她失業，但漸漸連她自己也不相信；考公職的在某一年放棄停損，去了竹科當作業員，隔年結婚生子，把彼此從班對變成老公老婆以及爸爸媽媽；頻換工作的決心安定下來，被我慫恿著去賣房子還因此遇上房市起飛，好像賺了不少錢；而經常被恐嚇的那個，則去了中國還成家立業。

而至於我，則開始了快轉人生。

「我們認識好久了，我們認識太久了。」

以前，我會開著玩笑如此說道，但後來，這句玩笑話，卻讓我們，笑不出來。

我們吵架了，我們好像總是在生彼此的氣，因為一些其實微不足道的小事，但小事積累，最後終至爆發。我和他們從此斷了聯絡。

後來，我們怎麼了？
後來，他們變成我的繆思，經過相當程度的改造變化，在某個時期反覆出現於我的作品裡，而故事都是虛構的，畢竟小說總歸是小說，有起承轉合，有角色考量；只是偶爾，我難免會想：如果沒有遇見他們，我的小說甚至是我的人生，會不會因此變得很不一樣？
天曉得。
後來，我開始學習畫畫，一開始畫狗，後來想學習畫風景，只是一個念頭，我開始把那年一起出遊的友人都各自畫了一張送他們，有的客氣的說謝謝，有的溫情說加油還送了我畫布，而有的則直白表示我把她畫胖了。其實滿多都直白表示我把她畫胖了。

女人！

再後來，我翻著找著電腦裡的相簿，我看到手邊和他們唯一合照過的旅程，然後，確實，有個什麼改變了。

曾經的美好重現，而至於過去的不好，則淡了，淡得好像不重要了。

後來我畫了幾張非常笨拙的畫然後寫上一些文字，懷抱著反正不被理也沒有關係，因為確實、我們已經不理對方很久了的念頭，就這麼把那幾張幼稚且笨拙的畫傳了過去，然後，是的，我們重新恢復了聯絡。重拾一段結束於痛恨對方再也不想看到對方的友情，沒想到結果居然這麼簡單。

用畫和解。

我們依舊過著各自的生活，我們佔據彼此的時間不復從前，我們在彼此心中的排名可能還很後面，但最終，我們和解，而有的時候，只是這樣，就已經足夠。

時間確實會磨損一切，但時間，同樣也會修復一切。

時間是有魔力的，而你／妳，相不相信？

有些話你不說，
就永遠不會知道對方其實是怎麼想的；
而有些事你不做，
就永遠不會知道結果是有可能會成功的。

有些人是隨機遇到，
後來卻變成是種命中註定；
有些人則以為是命中註定要遇到，
後來才發現其實那只是隨機。

圈住，我的台中回憶

可惜人終究是要長大了，

而故鄉的城也是。

旅行時我最喜歡的一刻是三兩好友在結束一整天的旅程時，前後洗完澡慵懶的在床上或躺或臥的各自滑著手機看著照片一邊慢聊，很放鬆，很自在，很親近。

而那就是這樣的一個夜晚，地點是在花蓮玉里的民宿，旅程來到第三天，而我們三個人有時扯屁亂聊、有時突然就把放在心底從沒想過會說出口的這些那些說出，狠狠的痛快的，聊著聊著，還有人哭了；是這樣一個把日常生活、現實世界都關在門外的旅夜，友人說出某個電影畫面以及圈住這兩個字，不知怎的、這兩個字一直黏在我的腦裡心底。

圈住。

人生中第一個被圈住的畫面是小小的時候坐在機車前面讓父親用他大大的身體圈著我騎車，很有安全感，也很有種被疼愛被保護的感覺；長大以後換成是我開車載他，有時候父親坐在副駕駛座、有時候他和媽媽一起坐在後座，但不變的是父親總會指著窗外的這裡那裡仔仔細細回憶似的說著：這裡以前是片田，

所以房子不要買這裡，地基會不穩。這裡以前沒開通，是後來才蓋了這條大馬路，那時候馬路兩邊都是工廠⋯⋯

這裡以前。

小小的時候父親騎機車載著我時是否也這般單方面的訴說呢？說著他回憶裡的老台中、當我們穿梭在當年的台中街道時。以前我從沒問過他，而現在再也無從問起了。

這裡以前。

「這裡以前是我和你媽媽舅舅唸過的國中，我們都走路去上學，學校大門那時候不是在這條路上。」

有天當我開車對著小小的外甥如此說道時，突然我很想把車停在路邊和他們下車一起抬頭看看藍天和白雲。父親剛過世的那一陣子，我是這麼教他們關於死亡這回事：如果想阿公的話就走出去看看天上的雲，因為阿公現在變成是在那裡了。然後他們會跑出去對著天空阿公阿公的喊。死亡在孩子們眼中一點也不具體，甚至還可以有一點好玩。

可惜人終究是要長大了，而故鄉的城也是。

台中城。

記憶裡我的第一場藍天白雲是和國小同學躺在草皮上仰望，「妳覺得這片雲像隻龍嗎？」不知怎的、我始終記得當時問出口的這句話，沒什麼意義的話，卻一直連結著我的童年回憶，我後來沒再見過形狀像龍的雲，長大後甚至不怎麼再抬頭看看天空。第一次和朋友出門也是國小的時候、和同學騎著腳踏車去火車站前面的中正路吃溫蒂漢堡，當時隔壁還有一家漢堡店但店名我忘了，反正無所謂了，這兩家早就都消失了。國中時期則多走幾個路口去門口有著仿羅浮宮金字塔的第一廣場，吃喝玩樂那裡全包：廉價的流行服飾、銀櫃 KTV、U2 MTV、冰宮還有地下一樓的美食廣場，我第一次吃土魟魚羹麵就是在那裡；後來那裡開始治安變差還發生過幾場大火，衛爾康大火發生當時我們唸高職，參加救國團的溪阿縱走旅行，那天晚上領隊哥哥還著急的問道我們隊上有哪些是台中人？請我們打個電話回家

問候平安，回家之後看了新聞才知道原來發生了那樣的慘劇。
中區的天空上頭有幽靈船在捉交接替的傳聞真的狠狠嚇唬過當
時還是孩子的我們；然後它慢慢沒落了，終至變成外勞特區接
手照顧起那裡的營收。直到如今依舊是。

高職之後我們轉移陣地變成是周六下午放學後去泡沫紅茶店待
著，點杯五十塊就好大一杯的百香紅茶、就這麼聊掉一整個下
午，四維街的阿Q茶坊、火車站前補習街旁的火金菇、一中附
近太平路上的茶蟲，還有一堆店名是茶Ｘ茶ＸＸＸＸ的泡沫紅茶
店，那時候台中的泡沫紅茶店真比便利商店還多呢，後來是怎
麼一家一家收了的？忘記了，沒注意，後來我就離開台中了，
再回來時，重心已經移轉到西區美術館前的五權西二街以及精
明商圈了，就著這兩條街我們吃遍喝遍一家又一家的餐廳，連
第一家春水堂都是在精明商圈喝珍珠奶茶配滷豆干。
更久以後的後來我們回憶時總是驚嘆著當時腳力真好，就這麼
以台中家商為中心點出發，用雙腳走遍喝遍一家又一家的泡沫

紅茶店、在放學的午後，整個高中青春的回憶都濃縮在那些茶店那些街道巷弄裡了。

那是春水堂還只有一兩家的年代，那是在台中搭公車簡直是惡夢一場的年代，那是沒什麼人會出於自願去搭公車的年代，那是中正路還叫中正路、中港路還叫中港路的年代，那是綠川還又髒又臭的年代，那是女生不會單獨經過台中公園附近（更別提走進去），那是我們六年級末班生的台中年代。

新台中，舊台中。

以前中友百貨多時髦，SOGO 開幕時同學還特地搭計程車去躬逢其盛，更早之前是永琦東急和龍心、遠東、ATT，我曾在ATT 參加過梁朝偉的簽唱會，《為情所困》那一張專輯；而今商圈轉移到七期，新光、大遠百、新市政、秋紅谷，我們開始習慣搭高鐵，我們的公車滿街跑還十公里免費，我們短暫擁有過 BRT，我們只有一條的捷運即將要完工，我們鐵路就要高架化，我們倒是反而又安心地走進去台中公園並且發現它的歷史以及美（我曾在書裡讀到台中公園是霧峰林家當時捐贈給日本政府的，真是驚訝得不得了）；我們指著笨重又吵雜的鐵路平交道告訴孩子們：明年開始火車就變成是在天空跑了喔。

「這裡以前火車是在地面上跑的。」

或許多年後，換成是他們指著曾經的平交道告訴下一代的台中孩子吧。

世代傳承，台中記憶。

回憶裡的諾貝爾

距離上一次投稿已經是十幾年前的事情了，但至今依舊會被問起投稿的相關問題，有的連字數篇數、全型半型、標點符號、幾個章節、如何段落都會好詳細的問起，感覺還滿奇妙的，不過說真的，忘掉這些瑣碎的細節吧，把注意力集中在寫下自己想寫的故事，並且寫得讓自己覺得好看，就只是這樣而已。

而其他的，就交給運氣和現實了，因為說真的，也只能這樣了。

我的第一本小說字數只有四萬字左右，寫的時候有稍微翻一下當時熱賣的網路小說，試著了解文章格式和段落那方面的事情，然後接著，我就開始把想到的故事情節小說化，想也沒想過全型半型、標點符號、幾個章節、如何段落這方面的問題，大概

是我這人生性怠惰；不過回頭想想，當時確實是該稍微注意一下字數那方面的事情，因為那本小說的字數狠狠傷透當時編輯的腦筋，不確定是否因此將錯就錯，反正後來那本字數其實不夠成書的小說被那個新成立的出版社做成九十九元的網路小說，可能是因為低價，可能是因為當時網路小說就是好賣，總之它就這麼登上金石堂的排行榜，而這消息居然還是同學看到了告訴我的。

好吧，不是大概，而是我這人確實生性怠惰。

生性怠惰的我當時完稿之後倒是很認真的把自己帶去台中火車站前的諾貝爾書局一趟，主要是想要了解我寫的這類型小說有哪些出版社有可能會出版，接著我回家查了出版社信箱以及相關投稿資訊，然後就這麼逐一投稿了。

而這，就是我所有的投稿經驗了。是不是簡短到根本就幫不上忙？沒關係，我們總是有 Google 大神可以依靠。

在那不久之後，我幾度離開台中求學或者工作，接著幾年之後，豪賭一把似的決定搬回台中當個全職作家，那時候生活圈早已經離開台中火車站的商圈，至於那家諾貝爾書局也幾乎沒再走進去過，只是偶爾經過的時候，總沒忘記透過車窗再看一眼這回憶裡的諾貝爾書局，雖然事過境遷並且早已物換星移，不過每次凝望時都彷彿還可以看到當年那個站在裡頭、只曉得寫不曉得問的準新人作家，連最關鍵的小說字數都怠惰到沒想到要稍微查一下的那個我。

我沒有辦法告訴你怎麼當個作家，
儘管我已經當了十幾年的作家，
但是我有偷偷觀察到，那些後來會變成作家的人，
他們通常好像都不怎麼問，
他們好像都只管寫。

關 於 對 位 書 寫

我的作品裡有滿大一部分是採取對位書寫的方式。

在少少的採訪經驗裡，我被問過這問題幾次，因為都是很正經的場合，所以我也很正經的說──同樣的一件事情，透過不同的角度所看到的，通常會是兩件事情──諸如此類的回答。

不過說正經的，最初的原因還是字數。

我第一本小說的字數被當時出版社的編輯在意很久還囉嗦不少，所以我當時大概很不正經的想著：好啦，囉嗦！不然我就用男女主角當第一人稱來寫下一本好了！這樣總字數就乘以二了是不是？這樣高興了吧！

我沒有開玩笑，我當時真的只是這樣想而已，很幼稚，我知道。

但寫了之後我卻意外發現自己挺喜歡這種寫法，並且還是直到好幾年後，才曉得這好像叫作對位書寫。

第二本書依舊被採取低價策略，一百二十九塊一本，如果我沒記錯的話，賣得好像也還不錯，有上排行榜的樣子，依舊不確定是因為低價還是當時網路小說就是好賣，不過可以確定的是，第二本書時、我的寫作模式已經不再網路小說，只是封面都被做成網路小說的感覺，而這點，其實滿吃虧的。然後，重點，我接到出版社寄來終身合約，合約內容大概是橘子這筆名將會永遠屬於他們這方面的事。那是我第一次看見大人世界的醜惡。我撕掉那張可怕的合約，換了筆名試著繼續投稿別家出版社，然後開始經歷不順利的低潮寫作生活，那時候總愛自嘲是退稿界天后，後來還嫌不夠似的、把這自嘲寫成小說，相當不網路小說甚至也不怎麼愛情小說的一本書，故事的劇情相當薄弱、反而是女主角「我」的內心獨白以及和姐妹們相當不正經的毒舌對話佔了多數篇幅，連女主角的名字都懶得幫她取一個的那種程度，總之是那種懷抱著「退稿就退稿，不賣就不賣，反正

老娘也不在乎了哼！」這心情所寫下的作品，結果沒想到，它居然還是被出版了，並且在某種程度上，還宣告了我那五年的低潮被結束。

那是五年之後我再一次再刷的書，那是我作品集裡，少數寫到續集四的系列，而直到第四集，我還是沒想要給女主角取個名字。

人生，我們永遠不知道明天它會變成怎麼樣，而至於寫作，別管市場走向或者讀者喜歡怎麼樣，這種只有明天才會知道的事情，就別浪費力氣想了。

我始終是這麼認為的。

II

以及好

那些，隱身在圖書館的你們，
後來，過的好嗎？

重點是最後一句

有的時候，問題不是妳給得不夠，

問題是對方想要的不是那些，

而妳，卻還執拗的給。

妳後來帶自己去看場電影了嗎？

我有時候還是會想起這個問題，想起妳，你們，並不是很經常的頻率，通常是因為臉書的動態回顧，那功能有點討厭。而確實，我們是有過一些回憶。

雖然不多。

妳總是和他去看電影。頻率大概是一個月一次，妳會專程從台北搭車南下，妳對朋友就是這麼的好，然後你們會一起去看場電影，或許還有夜景，有些時候妳還會待在他家過夜，各睡一個房間，睡前還陪他的爸媽聊聊天；這樣聽來好像情侶約會、說真的，但你們只是好朋友，是彼此生命中最好的朋友。

或許問題就是這個。

妳是什麼時候發現自己愛上他的？

那個妳最好的朋友，那個始終把妳當成最好朋友的大男生，我旁觀者似的看著你們的友情從美好信任到拉扯變形終至決裂毀

壞，這故事我好熟悉，看多了，重播似的，像是換了劇名不同演員但情節相同的長壽劇，觀眾看膩了只是不想說而已，觀眾最後連轉台都懶了，觀眾後來決定關了電視走出客廳去做別的事情。

或許，妳也可以試試讓自己變成觀眾，看看自己的人生，是不是陷入了重播的輪迴。

無限輪迴。

妳單身好久，而他好像一直在換女朋友，不確定頻率是多久，但可以確定他是那種容易和女生變成好朋友的暖男性格，並且，遇見他喜歡的女生，他不會隱藏也不閃躲，他會去嘗試去追求，他不也曾經追過你們共同認識的學姐嗎？

如此明確，他喜歡妳，但並不是愛。這話有點殘忍，所以沒什麼朋友願意當個壞人直白告訴妳這種好像有點傷感情的實話。他們不確定妳是不是真的會想聽。

那次妳還有點八卦有點好奇，可能還私下問了那學姐、想要確

認他有沒有機會？可是妳沒在意他追求的不是妳，不確定妳當時有沒有幫他一把、說句好話，但確實那一次你們還是彼此的好朋友。

但是後來他和別的女生談起戀愛時，妳卻翻臉了，妳說自己才不要浪費時間在別人的男朋友身上，妳生氣他居然在交往了好一陣子之後才選擇告訴妳，好朋友怎麼可以這樣？妳好生氣，氣得不要再理他，那個熱戀中的男人，別人的男人。

妳看出來問題出在哪裡嗎？問題是我們不會把好朋友當成別人的男人或女人，我們會在好朋友熱戀時識相退開讓出空間，因為我們熱戀的時候確實也總是見色忘友，這沒什麼，只是人之常情；我們通常不會第一時間就發表戀愛消息，因為畢竟呢，誰曉得熱戀過後這段感情會不會持續下去？或者就這麼直白的說吧：誰曉得熱戀過後對方會不會突然清醒。

但是我們不會因為朋友戀愛了就因此拉開距離，還故意避不見面。

妳是不是那時候就發現了自己愛上他？

他失戀了，好狼狽，還因此顯得有一點點寂寞又憔悴；妳看出來了，他瘦了那麼多，而且還傷心的搞失蹤。你們找了個彼此都有台階好下的方法，重新友好了起來，你們繼續一起看電影，去他想要去的餐廳，看他喜歡看的夜景，你們電話熱線，每天每天，這些那些。

可能是那部偶像劇，可能是那些電影和小說，也可能是那幾首情歌，或者那些誰居然和誰交往了的娛樂新聞；而這一次，妳告訴自己要勇敢，你們那麼契合又了解，你們應該在一起。

妳有把握，這個世界上，沒有人比妳更懂他。連他媽媽都沒有妳懂他。

妳於是告白了，而他溫柔的拒絕，還說了些溫情的體貼的漂亮的窩心話語，妳可能有點傷心，感覺失落，不明白自己哪點比不上他前女友，但是沒有關係，愛情本來就盲目，單身的永遠是那些最好的，看看那些演藝圈的黃金剩女們，妳這樣安慰自

己；你們可能因此有一點點尷尬，但也沒有關係，你們再一次找了彼此都有台階好下的方法，再一次重新友好了起來，你們依舊是彼此最好的朋友。

然後妳說，妳那年的新年新願望，就是想要自己去看一場電影。

沒有他。

你們繼續一起去看電影，去旅行，有時候還被誤會是男女朋友，這讓妳感到有一點點快樂，雖然那只是個美麗的誤會，可是沒有關係，偶像劇電影和小說還有那些娛樂新聞支持妳。

可是她卻出現了。

那是妳的朋友，妳喜歡她，妳介紹他們認識，之後你們一起出去玩，吃東西，去旅行，有幾次還看夜景，差別是她不會和你們去看電影；然後漸漸的，妳覺得有個什麼不對，感覺在變，他好像有一點點喜歡她，他好像有點明顯太在乎她，他居然為她做了從來沒有為妳做過的事情，小事情；而她知道妳喜歡他，陪過妳在告白失敗時給予適度的安慰，有一次還拍了月圓給心情低落的妳看。

妳本來覺得她好可愛，妳現在覺得她好可惡，妳想了好多妳想了太多，可是妳卻從來沒想到要確認：她是不是也愛他？而他呢？有沒有可能只是單純的喜歡也不是愛？

妳為什麼不確認？

妳只是猜忌，猜忌他們在偷偷談戀愛，背著妳搞小動作，還故

意不讓妳知道，妳任由妄想膨脹爆炸，妳亂了節奏，妳又告白了，妳就是不肯放棄，而他開始感到疲憊，覺得自己怎麼說怎麼做好像都是錯，他累了；妳於是開始覺得自己是個受害者，還讓其他那些你們共同的朋友也這麼覺得，覺得他不對，覺得他不愛妳又不放妳，覺得他居然只是在利用妳。

連塔羅牌都這麼顯示。妳好生氣。

但這是事實嗎？

妳失控了。

妳開始歇斯底里放任妄想把情感淹沒，妳做些侵犯隱私的事情，妳把那些極私密的對話截圖傳給別人看、也不管對方想不想要看，妳可能不是故意但妳的確開始和那些共同的朋友聯手排擠他，因為他是個壞人，他好可惡；她開始覺得妳好奇怪，然後疏遠，轉身離開，這讓妳更加猜忌，覺得她一定是作賊心虛，妳言語刻薄不問事實；然後接著是他，看不下去，覺得夠了，多說無益，多做是錯，還明顯感覺到自己正在被妳監視。

他跟著也選擇離開妳。

於是那一年，妳失去了兩個原本妳很喜歡的朋友，而其中一個，妳還好愛他，告白好幾次。妳覺得委屈，明明已做了好多也給了好多，為什麼到了最後卻是誰都失去，還兩敗俱傷？

一定都是她的錯！

妳還是這麼想的嗎？在事過境遷了以後？如果時間可以倒轉、生命給妳重新來過的機會，妳會怎麼做？妳會不會終於發現：有的時候問題不是妳給得不夠，問題是對方想要的不是這些，而妳，卻還執拗的給。

妳後來帶自己去看場電影了嗎？那年妳的新年新願望。

就獨自去看場電影好嗎？或許妳會因此發現，妳看的不只是一場電影而已，妳看見的，會是另一個自己。

以旁觀者的角度。

用旁觀者的角度看看自己，
以及那些陷在裡面走不出去的感情，
或許，
你/妳會有不一樣的發現。

I told you

我早就告訴過妳／你了。

也許這是感情裡最氣餒的一句話，

而這句話的 ending 通常會是在冷漠中結束掉感情。

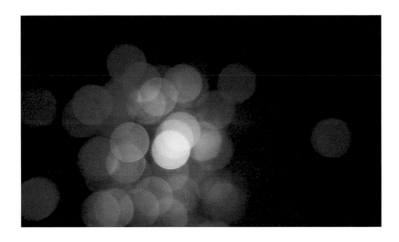

「I told you。」

我讀了那封訊息，發現唯一想說的只剩這句，但後來還是放棄了回覆，已讀不回比對方傷心時還補上這句話好。

我早就告訴過妳了。

有一陣子我也覺得自己太冷漠了，對方把妳當成知已，結果妳卻只想關上耳朵，後來一個朋友告訴我，他根本就不想要知道別人的祕密，那是種心理負擔，但偏偏，我們經常是被選擇了存放祕密的人，不管是朋友還是陌生人，熟的還是不熟的。

我早就告訴過妳了。

妳不能因為對方把自己最私密的心事告訴妳，卻因此開始批判她。

我曾經在書裡寫到這句話，當時還因此稍微停下來想了想。

而我只是在想，如果妳選擇了對愛偏執聽不進勸卻又一意孤行重蹈覆轍還以為朋友喜歡一聽再聽陪妳跳針，那就。

那是一種

從說到做到，本來就需要時間，
可是這時間，真的不可以是一輩子。

從說到做到，本來就需要時間，

可是這時間，真的不可以是一輩子。

那是一種很複雜的感覺，她是我好幾年前曾經要好過的朋友，

可是後來我卻只想疏遠她。

我們的個性可以說是互補或者乾脆說是兩極，一個明快一個優

柔，一個任性一個體貼，一個往前走一個卻始終停留在原地，

留在那幾年，以為那幾年還依舊是現在。

我記得剛發現我們其實已經不再適合當朋友時、那心底的難受，

也記得後來跟幾個朋友這麼說過：

「我會因為一個人糾結在感情的死胡同裡還不肯走而離開這個

人，因為那是種會傳染的負能量，讓旁觀者也跟著意志消沉，

心情變差，口腔還因此出現壞味道。」

但我從來沒有告訴過她、我這想法。

說不出口，畢竟，曾經，我們是很好的朋友。

而我只是在想：

我們當然都會陷，我們難免都會笨，我還是覺得人生沒為幾個
人傻過痛過犯過錯會不會其實也算是種白活？

也 是 種 帥 氣

「妳鞋子太大了。」

「對，我知道。」

她說，然後繼續走。

我看著她那穿著不合腳鞋子的背影想了一些事情，想起幾個名字，可能還想到很多年前的那個我自己。

「不合腳的鞋子就算是再喜歡也別硬買吧？而且還真的穿出門。」

我把這句話吞回嘴巴裡，然後搖搖頭，告訴自己：可能有些人就是無意識的會勉強自己。所以他們走不遠，所以他們看不多，所以他們的世界永遠是那樣，一再重複的空白格。

走不出。

但也可能，那是他們最舒服的生活方式。

也是種帥氣。

我曾經想爲了你勇敢一次

遺憾不美，但也不壞，

遺憾讓妳不必親自走進現實裡的缺，

還讓回憶因此變得唯美。

《康熙來了》宣布熄燈的那一陣子我想起妳，想起我們最後一次通電話是好幾年前的事情了，而那次妳打來電話為的就是說他正在上節目的這個消息，那集的主題妳在電話裡有說但我一直回想不起來，只隱約記得是那種大堆頭的素人來賓；電話裡妳聲音輕輕柔柔的笑著要我趕快打開電視：

「正在播他和小S的對話，很好笑喔。」

好可惜當時我和朋友還在外面聚餐，是那家店名叫作「青蛙」的墨西哥餐廳，不知道為什麼反而這件事情記得倒是清楚，果真老是搞錯重點的記憶模式；之後我始終忘記要找重播來看，可能是那時候我已經不怎麼看《康熙來了》這節目，於是便這麼順理成章的忘記，直到好多年後看到宣布即將停播的這新聞時才又突然想起那通我們最後的電話，而聊的話題是他。

他是我少少的辦公室生涯裡的老闆，年少得志、性格急躁，十分挑剔但為人大方，總是穿著西裝梳著油頭皮膚白皙身材高大並且相當痛恨別人在他面前說英文，是那種脾氣一來就會不留

情面直接在辦公室裡罵人的壞脾氣，而很少出現在我們辦公室這點則是我們唯一覺得此人的可愛之處，當時為了方便講他壞話並且不被別的部門同事聽見於是我們還幫他取了個小旋風的代號，而小旋風永遠是我們午餐時刻的熱門話題。

講老闆壞話一向是增進同事情感的絕妙處方，這是我短暫的職場生涯裡最大的偏差心得。

那是我極少數的工作經歷之一，想來，那好像也是妳大學畢業之後的第一份工作。

那時候我們有沒有輕微擔心妳這麼一個明顯社會新鮮人氣質的小女生會被他嚇跑氣跑？但確實妳上班的第一天就見識到了他暴君排場，那天妳效率極佳的把預定工作交出之後便無事無聊的玩著電腦小遊戲打發時間等待下班，然後，突然的，他出現在辦公室裡，當著大家的面好兒的把妳臭罵一頓。

託了妳的福，大家於是知道原來辦公室後方裝了監視器。

暴君，控制狂，更多更多的午餐話題。

話題。

隔天妳如常上班，但開始油條的學會工作效率不必太好，這是妳社會化的第一步，接著不久，妳驚訝的發現這份工作妳相當得心應手，然後妳開始明白，這個暴君雖然修養欠佳其實心胸寬大、實事求是，不記恨也不針對，並且，他也看見了妳工作上的好表現。他跟別人提起妳誇讚妳，他是個活在當下看著未來的男人，而且他居然其實才大妳一歲，妳聽到這點時好驚訝，但同時理解了為何這個管理整個公司的靈魂人物有時講話會無法掩飾也從不掩飾的孩子氣。

不掩飾。

那次妳的企畫創下好成績，而人正在家裡休著喪假的妳並不知道也無心在乎，只是納悶他幹嘛要同事一直打電話聯絡上妳？妳那時候還不明白自己的價值，但他已經看見；銷假上班的第一天，他反常的一大早就出現在你們的辦公室裡，他看來神情

激動相當興奮，他顯然情緒很滿但結果卻只是衝著妳說：「幹得好！繼續加油！」然後就這麼旋風似的走出辦公室，姿態還相當帥氣。

就只是為了當面跟妳說這個？妳覺得有點好笑，甚至有點覺得他其實還滿可愛的，反差的真可愛。同時妳提醒自己他有女朋友了，他的女朋友就在公司裡別的部門擔任主管，妳還不明白提醒自己這個是幹嘛？妳自己甚至也很愛跟同事講他壞話。

開始在變。

你們被換了辦公室，由原來被孤立的獨立樓層搬到他的那一樓，你們愁雲慘霧還有點想死，你們開始會動不動就看到他的身影在辦公室裡穿梭罵人，而這下他可不必再透過監視器就可以直接看到你們上班時刻是如何鬼混；你們的應變時間縮短了，以前還有道門他得推開，而現在連門也沒了，他會直接走過來，腳步還風一般的快，你們只能變得更油條了。

可是從來沒有人告訴你們、為什麼辦公室突然要搬。

開始在變。

你們是公司裡最會遲到的單位，每個月薪水都因此被扣好多，可是你們好像並沒有想要在乎的意思，這點他在早會時曾經當著全體員工的面直接點名，但老油條的你們反應卻只是低頭笑笑；你們直接隸屬他管，這點讓他很沒面子，可是他好像也拿你們沒有什麼辦法，你們還是依舊遲到，上班時假裝認真但其實各自做著兼差的外務以及閒聊天；他對你們似乎特別睜眼閉眼，他還容許你們做一些別的部門不可以做的事情，對此他自有一套解釋：創意部門本來就比較不一樣。

這在別的部門傳開耳語，連人資主任都發現這點，可是你們不在乎，你們本來就不怎麼跟別的部門同事說話往來，可是同事們拿你們也沒辦法，因為除了他之外、沒人能奈何你們。你們活在自己的小宇宙裡，而他，罩著你們。

他的確真的比較喜歡你們，他在你們部門的歡送會上坦率承認過這點，還有一次，他讓妳看見了男人的脆弱，強者的脆弱。

開始在變。

他待在公司的時間越來越少，他開始變成直接打電話交辦給妳工作事項，可能妳工作績效可能妳讓他感到放心，但妳其實覺得有點奇怪，畢竟妳不是小宇宙裡頭最資深或最年長的，妳開始有點懷疑是不是他比較喜歡妳，而或許，不是只有妳這麼懷疑。

耳語不只是在別的部門而已。

他開始在早會時說些沒頭沒腦但妳好像有點能夠聽懂的話,他看企畫案時會直接彎腰圈住妳和妳的辦公椅,而那確實是有點親密的距離,他好像只有對妳才這樣。大家都默默的看在眼底。看破說破的反而是妳那極要好的同事提醒,她以大姐姐的姿態提醒著妳千萬不要愛上他,於是妳驚訝的發現自己好像有點不想被提醒,妳跟自己承認確實妳也享受被他偏心的寵愛感,他還是持續對每個人生氣可是他好像開始不太敢對妳生氣,還有幾次他明顯就要生氣了但看著妳臉卻又強忍了下來,妳好喜歡他的那個表情,彷彿是專屬於妳的表情。妳曾經聽說過他是個工作上連女朋友都曾罵哭的公私分明性格。

更多更多,情生意動,蛛絲馬跡,不能說破。

員工旅遊。

生日快樂。

眼神流轉。

無聲默契。

然後，妳發現自己，想要為了他，試著勇敢一次。

變。

他在早會上宣布即將在上海成立分公司的消息，他自嘲說道之後待在公司的時間會變得很少，可能全體同仁會因此變得比較快樂。

「你們會想念我的。」

他笑笑的說了這句，然後話題一轉，宣布公司往後將由女朋友代為管理負責；而同一天，他召開部門會議，他問你們願不願意和他一起去上海？

無限的想像在妳心中滋長，妳想著幾年前是女朋友陪著他打下這片江山，而這次，同樣的角色可能會換成是妳。

你們沒有相遇太晚，你們好像還有可能，新的可能，或開始。

可是該不該？值不值？妳開始會在心底這樣問自己。

變。

後來，他幫妳加了薪水，但妳卻決定離職。

是什麼改變了妳的決定？讓妳放棄那個想要為他勇敢一次的衝動？是始終沒有說出口的什麼？出現別的追求者？還是妳想起了〈愛的可能〉這一首歌？

親口說出的承諾都可以被推翻，白紙黑字的誓言都可以銷毀，更何況是從沒來沒有真正說出口的什麼。

妳其實沒有自己以為的傻。

妳也看見了自己的價值，妳決定了為自己勇敢一次，而不是為他。妳想要過別的人生了，很清楚很明確的那種。

提出離職的那天，他和妳單獨在會議室裡對談，你們坐得很近，而他想留妳下來，還想，帶妳去上海。在那彷彿被回憶凝結成為永恆的畫面裡，妳再一次看見他的脆弱，妳還是期待著他會開口，不只留下來，或者跟他走，而是，而是別的什麼。

可是他依舊沒有說。

他沒有說出口，但他的眼神，卻看得妳心疼痛。

而這一次，妳沒問自己該不該或值不值，給不了就轉身，得不到就放手，於是妳，選擇了妳自己，和自己的夢想。

我每次都會被這句話融化掉

那不是個合適談心的時刻,夜有點深了,很多人都睡了,
況且我們也好久不見了。

可是我心情紛亂,好些事情都難以決定,
結果,還是丟出了那個訊息,
反正,她應該也睡了,
而有些話,也只是想要說出來,讓情緒有個出口而已。

結果她卻立刻回應了。
疑惑在談話間解開,只是仍猶豫不決著該怎麼辦,

無論如何情緒因此舒坦許多，

我為時間這麼晚了道歉，也為這談話道謝，

然後，她說：

「別在意，對妳，我永遠情義相挺。」

我每次都會被這句話融化掉。

遺忘可以是種練習，
當眷戀變成是種自虐時，
練習遺忘來放過自己。

有時候我走太快了，
那是因為我想要繼續愛你。

當妳開始不再提起

有的時候，人之所以誠實，

其實只是因為懶得撒謊而已。

有的時候，妳會覺得你們根本就老夫老妻了，連性生活都是。

他是個寂寞的有錢男人，早在台灣經濟起飛的那年代就炒房炒股的撈足了本，還幸運的不貪心追高、因而躲過了接下來的經濟泡沫，透過略嫌保守但相對穩定的投資理財、他在三十五歲那年就輕輕鬆鬆決定退休，往後的生活重心除了接送兩個兒子上下課之外，就只剩等妳下班，然後你們會一起吃個飯見個面，像對老朋友那樣，聊聊這個、談談那個，然後各自回家。少少的時候你們會把車開進汽車旅館。

你們最近幾乎都直接各自回家了。果真交往久了，連性生活都像老夫老妻了。

老夫老妻。

如今連妳也三十五歲了呢，睡前，照著鏡子，妳感嘆。或許是秋天將近？這陣子妳發現自己突然多愁善感了起來，你們都十幾年了，他老了，確實是老了，而妳也是，不年輕了。

剛認識的時候妳還是個年輕小女生，談過兩次戀愛，一次高中

一次大學，初戀那次就像絕大多數人的初戀那樣，因為距離、因為小事所以就這麼不著痕跡的風輕雲淡了，連具體的分手也沒跟彼此說出口的那種，還是過了好一陣子以後，妳才遲遲的疑惑：這樣好像就算是分手了喔？

你們就這樣分手了。不痛不癢，淡淡遺憾。不重。

而大學那次則是讓妳第一次嚐到情傷的痛苦。他愛上別人了，妳被分手了，妳哭鬧，妳不要，妳糾纏，妳恨他，他心狠，他不理，他生氣，他要妳別搞得太難看；不要搞得太難看？好像一切變成了都是妳的錯，可是明明妳才是受害者啊？

妳好難過，食不下嚥，夜不成眠，流好多淚，還因此瘦掉好幾公斤，那是妳人生中最瘦的黃金歲月。往後妳會以一年增加一公斤的速度慢慢變胖。

後來，妳自己卻也變成了第三者。

在應徵、適應、離職過幾個工作之後，妳在這家企業的金融部門終於穩定下來，而他是妳的主管，外表體面、性格穩重、而

且說起話來還溫柔得很，完全顛覆以往妳對中年男子的負面印象；也完全不像那兩個毛毛躁躁的前男友們，就算有錯也都是別人的錯。幼稚！

你們互有好感，從心照不宣到互相試探，然後，很快，你們跨出那一步，妳覺得既危險又禁忌，但同時卻又感覺到刺激與快樂；妳不敢告訴朋友們這件事、這祕密戀情，而且對象還是妳的已婚中年主管、辦公室戀情；妳知道說了會得到姐妹們什麼樣的回應和表情或者是直接的批評和指教，妳不笨。

妳很掙扎，覺得不對，想要結束，可是漸漸妳卻完完全全掙脫不開，而他也是，你們好幾次提過要結束這段不對的關係、扭曲的感情、而且還是觸犯了民法的那一種。可是每一次你們卻還是又重新開始。

很久很久以後，妳才知道那其實是好老套的愛情遊戲：中年男子和年輕女孩的辦公室戀情。只是絕大多數經歷過的女人都不說而已。

因為禁忌，所以祕密。

祕密在你們交往兩年之後結束，結束的原因是他離職、或者應
該說決定退休，可是禁忌依舊持續，他開始變成每天等妳下班
然後你們約會，一想到這居然是他每天生活的重心，妳就感到
快樂得不得了，他有老婆還有兩個兒子，可是他說，妳才是他
真正想要見面的人。

他確實如此。他沒有什麼嗜好，也沒幾個親近的朋友，這輩子

好像也沒怎麼愛過幾個人，除了法定義務上的妻兒，妳的存在是他有錢卻寂寞人生中唯一的色彩。只是同樣的，他也不曾提過會為了妳離婚，他一向就是個誠實的男人，而妳，欣賞他這點；妳判斷不出來他究竟還愛不愛妻子？但妳感覺得出來，他最愛的是妳。

才不要像那些哭哭鬧、成天妄想著要扶正、有些時候還鬧上新聞版面的小三們呢。

有幾度，妳甚至會在心底如此告訴自己，妳知道這個想法這價值觀是扭曲的，可是沒有辦法，你們離不開彼此，你們是彼此的人質。但起碼，妳是他最後愛上的女人。有的時候，妳會在心底這麼說服自己，很多很多的時候，妳都是這麼說服自己的。

妳必須這麼說服自己。

而反覆說服自己太久太多遍的結果就是，妳開始會有一點點覺得，所謂的正面能量好像不是這麼用的，然後漸漸的，那些所謂的正面能量開始令妳感到疲憊；隨著年歲漸長，妳開始感覺到疲憊，妳疲憊親友們越來越密集的追問著：怎麼還不交男朋友啊？

「我有男朋友！」

妳好想這樣吼，想把這句話說出口，可是妳不行，因為那是個祕密。

妳開始被長輩親戚介紹起相親，妳好抗拒，妳找他訴苦，妳並不是藉此想得到什麼保證或者約定，妳純粹只是想宣洩個情緒、讓他哄一哄然後笑一笑而已，可是沒想到，他的反應卻是鼓勵妳去。

「確實也到了該嫁人的年紀啦。」

他當下如此說是。

這個寂寞的有錢男人，說著自己其實並不喜歡也不適應婚姻、

只是基於這些那些所以離不開也不離開婚姻的男人，居然鼓勵妳走進婚姻？這個無所事事、每天生活的重心就只是等妳下班的男人，早些年還得接送兩個兒子上下課，而這幾年，連他的兩個兒子都大到可以自己上下學了。

都這麼多年了？

都這麼多年了。

資深小三。

睡前，妳撕開面膜，妳照著鏡子，想著當年的你們，看著如今的自己，都三十五歲了，都變成當年認識時他的年紀了。

「確實也到了該嫁人的年紀啦。」

妳找著鏡子裡眼角的皺紋，妳想起他幾個小時前才說過的這句話，妳突然明白：有的時候，人之所以誠實，其實只是因為懶得撒謊而已。

妳遲遲的明白過來。

遲遲。

但如果你願意相信

出生在世紀末的人很幸運，

因為他們會遇上百年一次的跨世紀回憶。

青春在跨世紀的人更幸運，

因為這百年一次的回憶裡，是青春。

你從小就習慣了哥哥這個角色，或許是因為你的妹妹，或許是因為性格穩重內斂，但後來則是因為年紀。

你唸完五專又服完兵役之後才重新報考那間當時還新開的學校，聽說要穿著西裝帶著筆電去上課而且畢業旅行還是去歐洲的那種，光是聽起來就很拉風的感覺，而且你穿西裝確實比較帥，並且，說真的，好像也沒有什麼損失，你是不夠應屆畢業生年輕，但也還不算太老。

新生報到的那一天你獨自一個人搬著少少的行李到宿舍，看著周圍那些由家長陪同的應屆畢業生們，太多的行李由爸爸扛，尚未整理的床鋪讓媽媽擦，你是否因此有一點點擔心自己會和這群小男生小女生格格不入？

你年紀比他們大，長相又比同齡者老成，你那年輕的班導師甚至才大你幾歲；但這沒有問題，這新成立的學校還很新穎拉風，吸引了一堆像你這種想要重新再來過的畢業生報考，你甚至還不是班上年紀最大的。而且你的人緣很好，還打敗了那個痞子當選班代。

不意外，你應該從小開始就一直是個好好人緣先生。

好好人緣先生後來和那個痞子變成班上最好的朋友，還因此開始和那群小女生變成了好朋友，在班上會被歸類成小團體的那種，很幼稚的還給自己取了個團名的那種，青春真好，再幼稚都顯得合理。

好好人緣先生有點暗戀其中的一個小女生，但好好先生不說，因為好好先生知道自己不是大部分女生會喜歡的那種類型男生，好好先生知道大部分的女生通常都把自己當成朋友，女生的好朋友。多年以後會有一部很紅的偶像劇給這類型的男生一個代名詞：大仁哥。

如果可以選擇的話，誰會只想當個大仁哥？如果真能選擇的話，誰會想要只是當個好朋友還在妳背影守候已久。只可惜愛情市場太膚淺又太殘忍，而最殘忍的是：絕大多數的大仁哥們都不知道，其實他們是有選擇，只可惜他們總是選擇了不相信，不相信自己，也不相信愛情。

他們看清，以為自己看清愛情，但其實他們是看輕，他們看輕了自己。

儘管，曾經有個瞬間，你幾乎就要說出口。

那是你們第一次和彼此跨年。

那是迎向千禧年的跨年夜，你們選擇在一家老外很多的夜店跨年，聽說倒數完之後店裡的每個人都會和身邊的人擁抱，不管認識或者陌生，不管，就只是個擁抱，跨世紀的那種，好像一切會因此而停格了永恆了的那種。

因為跨世紀，百年才這麼一次。

你算好了站在那個女生旁邊，但真正在倒數完之後，卻突然沒有勇氣，再一次沒了勇氣。你真討厭這樣的自己。

『我可以抱妳嗎？』

你問，然後，立刻，快快的裝死：

「阿妹今年的新專輯，很好聽。」

彷彿這只是個愚人節玩笑。

你有點忘記那個女生回答了什麼，你覺得比較有可能是什麼也沒回答，因為她根本就沒有聽到這個問題，夜店裡好吵，而且每個人幾乎都在抽菸喝酒，好臭又好吵；你其實一直就不太喜

歡這種地方，後來也順理成章沒再去過，你其實比較喜歡游泳。

我可以抱妳嗎？

後來你去過幾次同學會，但卻從來沒再遇過那個女生，你有她的手機號碼，可是後來那一串號碼變成了空號，感謝一期兩年的電信合約以及手機的推陳出新還有人們的喜新厭舊，你們就此失去聯絡。

我可以抱妳嗎？

你始終不知道她當年和那個痞子是怎樣？她知不知道那個痞子很賤很花心？知不知道那個痞子後來過得不太好，很潦倒。

我可以抱妳嗎？

你只是繼續去聽阿妹的演唱會，從三十未滿聽到如今年屆四十，如今你事業小有成就但始終孤家寡人；你後來是遇過幾個女生，但你始終是當年那個跨不出的自己，或許有些感覺孤單的夜晚你會這麼問自己：如果當年你跨出了那一步，完成了那個跨世紀擁抱，你如今是否會過著不一樣的人生？加班好晚的夜晚回到家會不會就有個人幫你留一盞燈？也許你還可以為誰學會煮一碗麵？

或者，你的回憶可以因為跨世紀的那一瞬間，而讓那個擁抱成為永恆。

回憶裡的永恆。

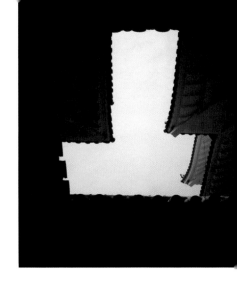

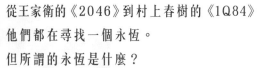

從王家衛的《2046》到村上春樹的《1Q84》
他們都在尋找一個永恆。
但所謂的永恆是什麼？

在愛與被愛之間

有時候會強烈感覺到需要被愛

不是因為寂寞

而是突然又想起了不被那人所愛著的感受

看到你結婚的消息，我好驚訝，你居然會舉辦一個如此傳統的婚禮，有迎娶，按時辰，十二禮，而且手指脖子還會戴著掛著金飾的那種；你嚇了大家一跳，無論是你的傳統婚禮，又或者直接說是：你居然是個會結婚的人這件事情。

你一向就是個時髦又新潮的男孩，思想有點前衛，言行有點另類，大學的時候你在左耳戴了耳環，有些人因此或者大驚小怪或者扭捏曖昧的問你是不是 gay ？你根本連理都懶得理；你後來變成時髦又新潮的男人，談過幾次戀愛，有的狼狽，有的心狠，還有一次，你流下了男人的眼淚。而即將，你就要變成一個舉辦傳統婚禮的傳統新郎，喜宴上說不準還會有很多陌生的議員代表或者里長長官上台致詞的那種。
歲月把你怎麼了？

你不是沒有夢想過自己的婚禮，而那是好久以前的事了，那時候你還沒有流過眼淚也沒有害那個女孩心碎，那年你大一，你

知道自己一向比同學早熟了一點，你從國小就開始和女生談戀愛，你夢想中的新娘是那個感覺好酷的學姐，夢想的畫面中學姐會穿著白色婚紗腳踩白色球鞋，很有個性，很適合她；而你則會穿著白色襯衫搭配牛仔褲，你知道自己穿牛仔褲很帥，而這是學姐告訴你的。

你第一眼看到學姐的時候就覺得她好像是從村上春樹的小說裡走出來的女孩，更具體一點的說，就是《挪威的森林》裡的小綠，你想像著如果小綠真有其人的話，那麼百分之百就會是學姐的模樣。你無法解釋為何自己如此肯定，但你就是知道自己絕對如此相信，而且還是百分之百的那種。

你們第一次相遇是在大學的迎新舞會上，而她是你的直屬學姐，你一向是個活躍的校園人物、從國小開始就是，可是那天晚上你反常的安靜了下來，回到學生宿舍時還讀了整晚的村上春樹，你想知道村上春樹對於一見鍾情有什麼看法？你想確定一見鍾情到底是什麼感覺？是不是就是你第一眼看到學姐的那種

感覺？

在那個宿命般的夜晚之前，你從來就不相信有一見鍾情這種東西存在，可是那晚你把自己否定。

有時候人們之所以不肯相信，那是因為他們還沒遇到。

你沒有衝動的告白，你不是那一型的人，而且你有性格上的驕傲，你的女生緣一向就很好，這讓你覺得自己驕傲的有憑有據；你只是默默的觀察著學姐，你發現她經常和那個學長走在一起，有幾次還撞見學長騎機車載她，但他們的互動看起來不像是情侶，你是這麼告訴自己的。你試著這麼說服自己。

你也經常和那個女孩走在一起，她是你們班上的副班代，而你是班代，女孩長得白白胖胖會令人直覺想起雪白的麻糬或大福，大福女孩笑臉迎人並且為人和善，就算先天上和班花這種稱號無緣，但怎麼也會是個最好人緣代表。大家都很喜歡大福女孩，而你也是，大家都說大福女孩在暗戀你，但你總是微笑帶過，有的時候還會義正辭嚴地告誡對方不要亂講話或瞎起鬨，這樣

對女生很沒有禮貌。

但你其實都知道。

你當然都知道。

大福女孩告白過，從暗示到明示，你不忍心傷害她，你喜歡她，的確非常喜歡她，但喜歡不是愛，你知道；你給了大福女孩一個溫柔但明確的距離，但你沒有勇氣告訴大福女孩：其實你一直就暗戀著學姐。你驕傲，有憑有據的那種，你沒說，因為你確實沒有把握，你害怕學姐也會對你拉出一道溫柔但明確的距離。

你光只是想就害怕。

學姐畢業那天你鼓起勇氣送給學姐《遇見 100% 的女孩》這本書，你真心期待著學姐會收到這個暗示，或者給個什麼回應，或者就直接確認。幾天之後，你等到了：

「那些字裡行間的黑點點是什麼意思？我想了好久還上網搜尋，

可是我找不到答案，我還因此想到睡不著覺！」

而你的反應是笑，是的，你大笑。你從來沒有想過這個問題，黑點點，為什麼這三個字被學姐說來好可愛的感覺？他媽的，對，你確實說了這三個字：

「他媽的，我讀了好幾年的村上春樹，可是從來沒有想過這問題！我不是故意害妳失眠。」

「你才他媽的咧，什麼態度，沒大沒小。」

學姐氣嘟嘟的說，而你就此淪陷了，再也不想假裝了。你無法解釋這一切，愛情從來就沒得解釋。

你開始會去台北找學姐，每個周末，從高雄搭客運，要花掉好久的時間，那是高鐵還沒開始通車的年代，可就算是有，你也沒錢；還有一次是大福女孩陪你去，因為那天你起床就犯胃痛，痛到彎不直腰；但你執意出門，於是她買胃藥給你吃，還陪著你去、好方便一路上的照顧；她是都看在眼底的，那個沒被說出口的答案，那道溫柔但明確的距離，但她不在乎，她照顧你支持你，如果需要的話，她甚至可能還會願意幫你追學姐。她依舊是你最好的朋友。

年輕時誰沒傻過？她試著這樣告訴自己。

像是個壞預兆，那胃痛，那天。

「帶女朋友來看學姐啊？」

那天學姐看了看你們兩個，然後說了這句話，彷彿是個暗示，又彷彿並不是，所以你終於遲遲的急急的告白，你覺得那是告

白，可在大福眼底看來卻比較像個乞求；然後是那封長長的簡訊，簡訊裡清楚明白的說著你們之間的沒有可能：你的年紀，你還是學生，你們的距離，還有，你的女人緣太好，以及，你們在現實生活中的差距。

你慌了，你打電話乞求，是的，乞求，一再的，無法自制的，直到，距離終於被大大的拉開來；你流下了男人的眼淚，在學校宿舍的樓梯間，而坐著身邊陪著你哭的人，是大福女孩。在那個當下，那樓梯口，你突然覺得，你真的感覺到需要被愛，不是因為寂寞，而是突然又想起了不被那人所愛著的感受。

「我們交往吧。」

有那麼 0.0018 秒的時間，你幾乎就要對大福女孩脫口而出這一句話，也可能你確實有這麼脫口而出，但大福女孩沒有回答，你只聽見她的沉默。

無論如何在那隔天之後你們沒再提過那一晚以及那個樓梯間，你們還是彼此最好的朋友，而你，也還是放不下對學姐的心動，得不到的最美，你聽過這句話，但你知道從來就不是這一回事；

你要求自己減少打電話給學姐的次數，但你還是經常忍不住又打了電話給學姐。

然後是你們畢業那天，大福女孩問你能不能給她一個擁抱？你微笑，然後你們擁抱，好朋友的那種。接著你去當兵，依舊和學姐透過電話保持著又遠又近的聯絡，你們的距離近了，差異小了，你試著和女生們保持距離、只除了大福女孩之外，但你和學姐之間卻始終存在著一道無形的距離，溫柔又明確的那種。

忘了就好，當然，如果可以這麼簡單做到就好。

你忘了自己是什麼時候開始不再打電話給學姐的。

幾年之後,你接到大福女孩的喜帖,你去了;接著又過了幾年,
《挪威的森林》被改拍成日本電影,你看了。走出電影院之後,
你突然有點想不起來學姐的長相。

「你穿牛仔褲很好看。」

你想起曾經有個女孩這麼對你說,你想起自己曾經想像過她穿
婚紗的樣子,你不知道她後來穿了婚紗沒有?你們失去聯絡好
久了。

而即將,你要結婚了,非常傳統的那種婚禮,你左耳的耳環依
舊戴著,但新娘既不像學姐也不像大福女孩。

歲月的確會把人改變。

小時候我們動不動就哭，
然而長大以後卻哭也哭不出來，
笑也笑得牽強。

而，這只是一個故事

小説沒有騙人，
它只是從來就不屬於現實而已。

他隱約知道這兩三年出版業狀況不是很好，不只是華文市場，好像全球都是，但是當他看到連新上任的總統都提到這個話題的時候，難免還是會稍微驚訝了一下，感覺好像因此變成了國安層級的問題；他真心為當今的新生代作家們感到心疼，他還有點概念寫作與現實之間的艱難，而且這艱難在絕大多數的時候還傷人得很。

這幾年斷斷續續還是有些出版社找他談寫作計畫，但他一概的都回絕，有時候還會說上幾句：請把機會留給年輕人吧。這其實是真心話，但不知怎的，聽來卻很場面。

他已經不當作家好多年了。

他其實沒怎麼經歷過新人作家的挫敗，他幾乎可以說是糊裡糊塗就一炮而紅了，而當他意識到自己好像真的很受歡迎呢的這件事情，則又花去他一段時間適應。他一向就是個溫吞到幾乎可以說是優柔寡斷的男人。

起因是工作無聊外加字戀愛現以及被朋友們起鬨，就這麼他開

始寫起愛情小說並且放上網路發表，一天一篇連載、當作是自我鍛鍊的那種；一開始只有朋友們捧場叫好，但漸漸，居然好多陌生人催促著進度，他好驚訝，而最後，則是那間當時還小小的出版社找上門找他談起出版計畫。

按按滑鼠看看免費小說是一回事，但掏出錢買則又是另一回事。他務實的告訴對方這個想法，他不是很願意簽下合約，他一向就是個理智的人；但電話裡的那個年輕女聲堅持他可以，她聲音滿好聽的，輕輕柔柔但話語裡透露出此人意志堅決。他開始動搖了。

「如果你們不怕賠錢的話，那就來簽約吧。」

他不是很甘願的說出這句話，然後簽下了出版合約。

後來那本書變成他的代表作，還在排行榜上待了好久，聽說中國還出現好多盜版書的那種，後來還誇張到有人假冒他的筆名出版好多作品；而身為暢銷作家的這件事情，則又花掉他更多時間適應；讀者們催著吵著等著他的下一部作品，他的編輯則

建議他乾脆辭掉工作當個專職作家如何？反正他的版稅收入早已經狠狠超過他的正職。但是他才不要，他喜歡這種安穩平淡的生活，他不覺得自己還會寫下一本書。

他本來就只是玩票性質。

他沒有讓朋友圈以外的人知道他有女朋友的這件事情，並不是偶像派作家那方面的事情，實際上還真差遠了，純粹只是他個人相當重視隱私而已；而這一點女朋友和他一樣，她樂得清閒不必被不熟的人問道：他寫的女主角是不是就是妳？

他不是。

男主角寫的也不是他自己，他覺得那樣很奇怪，況且他再清楚不過他們的愛情沒有也不會有小說情節的精彩或濃烈，他從自己還不是作家的時候再明白不過這個事實：小說情節從來就只會在小說裡發生。

可是他卻開始有一點點覺得自己好像走進了小說裡面。

那一年他經常去出版社，每次他想起那出版社時總還是覺得好

玩。出版社小小的擠擠的裡面工作的人不多，窄窄的走道總是堆滿書，活像個小型倉庫只是剛好擺了幾張桌子坐了幾個編輯們這樣，每次去時都讓他很想幫他們整理一下桌面，他沒有潔癖但是討厭雜亂；那時候他們都還很年輕，在他之前的那個王牌作家當時甚至不知道唸大學了沒有？扮家家酒似的、他真覺得。

那時候好多人都還沒出現，那時候門牌很厲害的出版社新地址也還沒搬去，那時候他大概每個月會北上進公司幾次，為的是辦簽書會、見面會或被訪問；有時候他自己也覺得當時之所以那麼勤勞的接受邀約為的不是曝光率或行銷書，而只是想要去和她聊天。

那個聲音輕輕柔柔的年輕編輯，原來是個皮膚細緻如雪的女生。

第二本書他寫得很快，人的潛力真是無窮。

書裡的女主角就是個皮膚細緻如雪的漂亮女生，講話輕輕柔柔但言行透露著堅定的意志，而男主角也沒那麼特別了，很普通

的一個人，普通得還真有點像他，而故事有個幸福快樂的結局。
她看出來了。

「你！」

她當時只說了這一句話這一個字，可是那個表情，他卻記了好久；他很想搞懂這是怎麼一回事，他於是繼續寫下一本書，然後是下一本，再下一本，他還是沒有辭掉正職的工作，但他也發現自己越來越像個作家了。

他們的互動越來越緊密，他們的關係進化成為親密，這裡有個什麼不對，他知道可是他擋不了；他沒有告訴她、自己已經有女朋友這件事，他反而還有點慶幸、在別人眼中他看起來不像是個有女朋友的人，而且還是交往了很久的那種。

怎麼辦？

他沒想過自己會變成劈腿者，他心虛的連寫都不敢寫這方面的題材，他越寫越純愛，他不是故意的，他只需要這麼做而已、或許應該說是；他寫下對於愛情的美好想像，現實裡無法實現的美好想像，他自己無法實現的美好想像。

於是他才知道，原來自己是個混帳。

他沒告訴女朋友，也不想提分手，他沒有勇氣，他開不了口，他們交往好幾年了；他很痛苦，可是同時卻無能為力的快樂著；他的作品依舊暢銷，他名利雙收，他卻開始失眠。

怎麼辦？

反正該來的躲不過，沒有誰可以騙著誰一輩子，況且，那真的很累，值不值得這樣累？他居然開始這麼問自己。

兩個職業，兩個女人。他何德何能？

後來的事他不想再提了。

東窗事發，還上了新聞，他形象崩壞，本來被捧得多高，後來他就摔得多重；他活該，他自己知道，他只是很驚訝：原來到了所謂的最後，他想挽回的，居然還是女朋友。

總是這樣？

他從此淡出文壇，把書櫃上自己的作品集封箱收起，他沒再見過那個女生，他聽說她在出版業裡依舊相當活躍，栽培出好幾個暢銷作家，還做了好多暢銷書籍，他不意外，她一向是個意志堅定的女孩，只是，那幾年，她在愛情裡摔了一跤，受了點傷，很痛。

而銷聲匿跡，則是他所能想到，對她最好的贖罪。

此刻，他人站在醫院產房外的走廊，等著已經變成妻子的女朋友，生下他們的第一個孩子；是個女孩呢，他很高興，但同時卻又自私的擔心著：真怕女兒以後會被男人傷透心。

看著電視上新上任的總統提起台灣現今出版業的不景氣，他在心底，這麼未雨綢繆地憂慮著。

當愛情變成是種內疚，
是該放手還是該補救？
又，該對誰放手？該向誰補救？

III

初 你們

我始終是這麼想的：
稿子是由一點點的我，
以及很多很多的你們所構成。
於是這一次，我寫的，是你們。

有了錢，我們就可以愛很久？

沒有錢，我們可以愛多久？

這是滿久以前的一篇網路文章，不曉得妳有沒有看過？

不確定是否因為家裡只有女兒，所以從小父母就對妳們管教嚴格、相當保護，門禁時間是晚上六點，學生時期絕對不允許談戀愛，就連第一次是要給未來老公這種話都曾經直接說出口過。於是大學時期妳離家外宿唸書，生活才終於遲遲體會到自由的感受，終於妳不必再滿懷歉意的拒絕朋友們的邀約、只是因為門禁時間以及父母不喜歡妳們外出，然而除學業上的成績之外，人際關係以及團體生活也是學生時代、甚至是整個人生的重要學習吶，真是不明白他們為何執意忽視這一點？難道是看多了社會新聞上那句永恆的經典台詞：「我家小孩很乖的，都是被朋

友帶壞的。」

天下無不是的父母？或許吧。

在大學時期妳遲遲體會到自由的快樂，並且，妳戀愛了。

他是職業軍人，而妳是他的初戀，妳開始會編理由告訴父母周末必須留在學校，但其實妳是去找他，你們居住同一個城市，你們彼此相愛，但你們的愛情卻怎麼好像見不得光呢？因為父母早早說了、妳們的交往對象必須學歷好家世好經濟好。

好像是說，只要有錢，兩個人就可以愛得很好，很久。

真的是這樣嗎？

那是你們最快樂的半年。

畢業後妳在實習的學校附近租了間套房，而他總是外膳時間一到就開著車去找妳，然後在天矇矇亮之際就趕回營區報到，妳心疼他的辛苦奔波，他卻說只要能看見妳、和妳在一起，這一切都值得了。

你們真心相愛。

後來，實習結束，妳搬回毫無自由的家裡，妳很難得有機會見

他一面，同時，妳的爸媽開始幫妳介紹對象，是那種家境富裕的小開類型。

只要有錢，我們就可以愛得很好，很久？

姐姐結婚的那天，妳穿上伴娘禮服，而他也出席，他可能很想跟妳說聲妳今天好美，妳可能幻想著哪天你們也能夠走到這一天，但是真心相愛的你們兩個，卻必須在這麼充滿祝福喜樂的場合裡裝作彼此並不認識，只是因為害怕被妳的父母識破；婚禮結束那天，他傳了私訊給妳：其實距離並不可怕，可怕的是明明熟悉卻必須故作陌生，而，這真是令人難過。

然後他道歉，為他的能力不足道歉，然後妳流淚，妳無奈，為什麼要拿外在條件去衡量一段感情呢？真心相愛從來就比不上家裡有錢？

愛的只剩下錢，真能就是幸福的依據？

致，親愛的陌生人

十七歲是個奇妙的年紀，就要變成大人了但實際上卻還是個孩子，就要開始認識真實世界了但說起來卻好像有點還不算真正認識自己；是這麼個奇妙而又美好的年紀，這十七歲，多少的電影歌誦、多少的書籍緬懷，這十七歲，奇妙而又美好的年歲。

只是，如果可以選擇的話，妳大概會想要抹去妳的十七歲吧？
十七歲那年妳的哥哥消失了，並不是過世，而是他讓自己消失在你們家人的生活裡，原因不清楚，沒有人清楚，甚至妳還有點懷疑他自己或許都不知道自己怎麼了；那是發生在妳大學學測前夕的事情，而家裡的情形讓妳混亂到覺得自己好像不應該認真準備考試。這種心情我也曾經有過，而那年我十五歲，高中聯考前夕，我的哥哥過世了，過程有點辛苦，很多畫面甚至心酸得難忘，可終究，我們還是走出來了。而你們呢？

妳決定選擇離家最近的大學，為的是就近看管妳的父母，妳好怕他們情緒脆弱到隨時會離開妳，妳每天晚上都聽著他們在房間裡由小聲討論變成哭泣，有時候妳的媽媽會問妳、是否她應該離開這個世界哥哥才會回來？而有時候則是原本堅強的爸爸突然抱著妳痛哭失聲，而妳唯一能做的是確認他們只是在哭泣而非商量著怎麼離開這世界；他們太傷心了，傷心得忘了妳其實也還是個孩子，並且，妳也會傷心，那是他們的兒子，的確，但那，也同時是妳的哥哥。

十七歲的孩子。

妳於是被迫長大，然後學習忍耐，妳告訴自己必須成為家裡最冷靜最堅強的人，否則如果妳我都變成那樣，那你們的家就真的垮了，即使在那個時候那根本就不是家了，只是妳一直不願意承認。

大一那年妳偶然做了心理健康檢查，檢查的結果是班導師希望妳進一步到大醫院接受更準確的測驗，於是妳在班導師的陪同

下去醫院做檢測，因為妳不希望讓妳的父母知道，妳堅強的希望所有一切由妳自己解決，妳太堅強了，或者應該說是，妳被逼得不得不堅強。

而太堅強的結果就是妳由原本忍耐的學生變成一位重度憂鬱症患者。

這不是一個好的故事與溫馨的過程，妳說，而確實真正能幫得上忙的是專業的醫生或者妳所就讀的心理科系，但請記得沒有

人必須要永遠堅強，每個人確實偶爾都可以讓自己像個孩子耍賴或哭泣，或者就直接的說出口：我他媽的受夠了。

還有，這裡有個陌生人，這個陌生人寫了幾本書，於是讓妳認識了她，她經歷過類似的情形，只是程度上的差別，但她的 EQ 不能說是很好，也不怎麼想過自己必須要一直堅強，對於心理方面的了解絕對比不上妳，甚至，還常常讓自己像個孩子一樣耍賴的說出：我他媽的受夠了！

不過，她的信箱，永遠在那裡，如果，妳還想說的話。

還是最後一句

一直就很喜歡梁靜茹〈勇氣〉MV 裡蕭淑慎的那個角色，那麼任
性、撒野，卻在碰撞愛情時顯得手足無措，在喜歡的男生面前、
在第一次遇見愛情的時候，再野蠻再任性的女孩，也都手足無
措；她把十八歲女生那種其實還很天真卻偏偏又喜歡故作成熟
的小大人可愛感演得好到位，我一度喜歡到想要為這個角色寫
個故事，可能是師生戀情，可能是單純十八歲的初戀，不曉得，
故事始終沒有在我的腦海裡成型，反而我卻先看到了妳的故事。

手足無措。
那是妳第一次打工，而他是妳的同事，妳怯生生的老覺得自己
和同事們格格不入，但他卻主動一步步教會妳完成每一項工作，
他包容妳的犯錯，他關心妳的作息適不適應這份打工來不來得
及吃晚餐回家會不會太晚？他在妳手足無措時伸出雙手為妳挺
身而出，他像個哥哥般保護著妳。
為什麼他要這麼做？對妳好？妳有沒有想過要問？

妳開始習慣有他的陪伴，連原本不怎麼適應的打工都開始變成是種期待，期待因此能夠見到他和他聊聊天，只是一個月後因為種種因素妳還是選擇了離職，妳不知道怎麼開口跟他告別，正如同妳可能心底有千百個疑問是關於他對妳，可是妳不知道怎麼問，拿捏不好分寸，然而他卻從同事的口中聽說了，還主動說了：

「打算什麼都不說就離開嗎？」

是的，他還說了妳殘忍。

在最後一次見面時，他千真萬確這麼說了，妳無法解釋為何他特地繞道向妳道別時、妳沒有勇氣留下或者交換聯絡方式，但卻在那之後搜索他的臉書，妳每天搜尋數十次他的頁面、渴望從中得到他的些許近況，卻又小心翼翼不留下痕跡，妳甚至連好友的邀請都沒有勇氣發出，就怕他不答覆。傻女孩，他怎麼會不答覆？

妳開始會選定時段故意路過他上班的地方，為的只是能夠看一

眼他的身影，一個月的相處延伸成為兩年來的想要見到他，儘管只是隔著街頭搜尋他的身影、確認他安好如昔、確認你倆的連結還在，妳確實認為還能在你們共同的回憶裡見到他就足矣；你們之間沒有深入的交集也沒有刻骨銘心的愛情，甚至，妳連真實的他是什麼樣子也不知道。妳沒有辦法解釋也無從解釋，但其實妳或許根本就不需要解釋，這種心情有人會懂，這種明明想愛卻又不敢去愛的矛盾有人有過。

妳說妳愛上的只是妳想像中的他，那種被保護著的感覺，那救贖。

而現在，妳畢業了，就要離開載有你倆回憶的城市，妳好怕日子久了會忘記對他的心動，所以，妳把這個故事告訴我，而我，則把它改寫下來，化為文字，一起保存。

把這當成是個時空膠囊，幾年後妳再回過頭看，或許妳會覺得莞爾，或許妳依舊懷念，懷念當初那種最純粹的信念，無雜質。因為人，確實是會被現實逼著世故，而愛情也是。

週日的午後，我想你

週日的午後，我想你，很想和你在一起，
可是不知道方不方便說出口？
你是不是也在想我？
於是我腦子裡冒出了這些小劇場，
泡水似的泡泡，在週日的午後

啵
啵
。

Sunday

你無聊了？

妳看見他在臉書按了好多讚，在周日的午後。

你一個人嗎？

妳想這樣問他，還想帶他出去玩，想要陪他說說話，妳想著妳
也好無聊，妳想要問他：

不如，我們一起無聊好嗎？

可是妳沒有勇氣說出口，不確定他是不是想要妳的陪伴，

很害怕妳會得到溫柔但又明確的距離。

妳只好又開始打掃房間了。

妳的房間最近變得好乾淨。

Monday

就是直接問他嘛。

有沒有女朋友？會不會喜歡我？

說得好簡單。

妳居然開始自言自語了。

妳繼續告訴自己：

愛情要是那麼簡單說出口，

作家們靠什麼過活？

Tuesday

妳去了他去過的城市，妳吃了他推薦的食物。

妳開始擔心你們兩個人好像不適合一起生活。

妳真是想太多了。

你們根本就還只是朋友，最普通的那種。

可是愛情裡最好玩的，不就是這些腦子裡的小劇場？

不只作家們要過活，編劇們也需要。

Wednesday

轉移一下注意力好了，妳想他想得都要頭髮分叉了。
這樣不行。
妳轉而開始偷看前男友他老婆的臉書。
妳只是想要了解一下他最後選擇了什麼樣的女生而已，
妳想知道自己原本會過的是怎麼樣的生活？

這樣好像有點變態，可是沒有關係，
這個祕密只有妳和妳心愛的貓咪知道，
而且牠不會說一堆大道理煩妳。

Thursday

妳逐字推敲他的訊息，
妳想確認自己有沒有會錯意或表錯情，
妳幹嘛不直接問他呢？
妳在心底又氣了自己一次。

我們這樣一直保持著距離不前進好嗎？
妳好想問他，可是妳才不敢。
同時，又對自己的膽小再一次感覺到生氣。
等一下妳可能又跑去廚房切洋蔥了。

Friday

這樣不行，

妳居然跑去算命，

算命師說你倆前世有緣，

妳恍然大悟，難怪你們明明陌生但卻總覺得他好熟悉。

接著她說，今生能否修成正果，得看妳的磨鍊。

妳必須要夠堅持才可以。

「那他呢？」

聳聳肩，算命師說：

「愛得比較多，註定就是輸。這和前世今生沒有關係，只是物理定律而已。」

妳開始想把算命師的手指頭一根根折斷。

Saturday

妳跟自己承認，
有時候之所以遲遲不要告白，
只是因為覺得他可能不會愛妳，

妳喜歡自己的誠實，
但是開始討厭洋蔥，
妳聽了幾首傷心的情歌，在只有自己的房間裡。

不只作家和編劇，我們也別忘記詞曲創作和歌手。

Sunday

妳無聊了？
在周日的午後妳這樣問自己。然後把好神拖收回陽台塵封，
房間太乾淨了，這樣不行，再繼續下去，妳都要變成潔癖。

妳帶自己去剪了個新的髮型，
買了幾件洋裝，還有一雙好囂張的高跟鞋。
妳決定出席那場約在中午的聚餐，
雖然妳本來根本就懶得早起赴約。

曖昧太久了只會變成是種無聊，
在周日午後的三點一刻，妳突然這樣覺醒。
然後，妳就走了出去。

雖然，這花了妳一點力氣。

After Sunday

妳沒有辦法告訴他早上有沒有下雨，
因為妳都睡得好晚才起，
但是妳可以跟他說月亮到了夜半會移動到哪裡。

正如同這傢伙他好像還是沒有要愛妳，
但妳依舊可以把自己整理好，等待找著下一個正確的他到來，
但同時允許自己偷偷在心底詛咒這個傢伙近視加深八百度。

最近覺得度數突然增加了嗎？
嗯哼，你猜對了。

And then

你很喜歡一個人，但有時候對方的某些言行舉止還是會讓你
突然清醒 0.0018 秒然後問自己：
我真的要喜歡這個人嗎？

沒關係，愛就是這樣，太完美很無聊的。
而且，反正也只是瞬間的 0.0018 秒。

我曾經想為了你
勇敢一次

作　　　者	橘子
責任編輯	蔡錦豐

國際版權	巫維珍、吳玲緯、蔡傳宜
行　　　銷	艾青荷、蘇莞婷、黃家瑜
業　　　務	李再星、陳玫潾、陳美燕、杻幸君
總 經 理	陳逸瑛
編輯總監	劉麗真
發 行 人	涂玉雲
出　　　版	麥田出版
	台北市中山區 104 民生東路二段 141 號 5 樓
	電話：02-2500-7696　傳真：02- 2500-1966　blog：ryefield.pixnet.net/blog
發　　　行	英屬蓋曼群島商家庭傳媒股份有限公司城邦分公司
	台北市民生東路二段 141 號 11 樓

書虫客服服務專線	02-2500-7718．02-2500-7719
24 小時傳真服務	02-2500-1990．02-2500-1991
服 務 時 間	週一至週五　09:30-12:00．13:30-17:00
郵撥帳號及戶名	19863813　書虫股份有限公司
讀者服務信箱	service@readingclub.com.tw

歡迎光臨城邦讀書花園　網址：www.cite.com.tw

香港發行所

城邦（香港）出版集團有限公司
香港灣仔駱克道 193 號東超商業中心 1 樓
電話：(852) 25086231
傳真：(852) 25789337
E-mail：hkcite@biznetvigator.com

馬新發行所

城邦（馬新）出版集團
【Cite(M) Sdn. Bhd.】
地址：41, Jalan Radin Anum,
Bandar Baru Sri Petaling,
57000 Kuala Lumpur, Malaysia.
電話：+603-9057-8822　傳真：+603-9057-6622
電郵：cite@cite.com.my

印　　　刷	中原造像股份有限公司
總 經 銷	聯合發行股份有限公司　電話：02-2917-8022　傳真：02-2915-6275
初版一刷	2017 年 1 月
初版五刷	2018 年 4 月
定　　　價	新台幣 299 元

著作權所有・翻印必究

國家圖書館出版品預行編目（CIP）資料

我曾經想為了你勇敢一次 / 橘子著 . -- 初版 . -- 臺北市：麥田出版：家庭傳媒城邦分公司發行 , 2017.01
176 面 ;14.8 ╳ 21 公分
ISBN 978-986-344-410-7（平裝）

855...................105022749